AF312339

UN MONSIEUR
QUI ATTEND DES TÉMOINS

COMÉDIE

Représentée pour la première fois, à Paris, sur le théâtre du VAUDEVILLE, le 10 juin 1873.

CHATILLON-SUR-SEINE. — IMPRIMERIE E. CORNILLAC

UN MONSIEUR
QUI ATTEND DES TÉMOINS

COMÉDIE EN UN ACTE

PAR

THÉODORE BARRIÈRE

PARIS

MICHEL LÉVY FRÈRES, ÉDITEURS

RUE AUBER, 3, PLACE DE L'OPÉRA

LIBRAIRIE NOUVELLE

BOULEVARD DES ITALIENS, 15, AU COIN DE LA RUE DE GRAMMONT

1873

PERSONNAGES

JULES BEAUTOR, huitième d'agent de change.	MM.	SAINT-GERMAIN
LOUIS CASTAGNÈRE, peintre		COLSON.
HECTOR DE COURTE-HALEINE, oisif. .		RICHARD.
MALVINA, grande chanteuse du Château-d'Eau.	Mlle	MASSIN.
SALOMON, domestique de Jules.	MM.	MICHEL.
UN COMMISSAIRE		RICQUIER.
PREMIER INCONNU.		LACROIX.
UN ARMURIER.		ROYER.
DEUXIÈME INCONNU		JOURDAN.
UN COMMISSIONNAIRE		CAILLOT.
DEUX AGENTS DE POLICE		RADET. VAILLANT.
UN GARÇON DE RESTAURANT		SENET.

De nos jours, chez Jules Beautor.

UN MONSIEUR
QUI ATTEND DES TÉMOINS

Un salon élégant. — Lampes mourantes. — Feu agonisant.
C'est le premier janvier — il neige au dehors.

SCÈNE PREMIÈRE

JULES BEAUTOR, SALOMON.

Au lever du rideau Jules est endormi tout habillé sur un divan, et Salomon, une bougie à la main, entre par l'une des portes latérales. — La pendule de la cheminée sonne. — Elle marque la demie de huit heures.

SALOMON, qui est descendu — confidentiellement au public.

J'ai dressé, dans le cabinet de toilette, un lit de sangle pour le futur blessé : il y a des bandes, de la charpie et un flacon de chloroforme pour le cas où une amputation serait jugée nécessaire. Dans le coin à droite, près du bonheur du jour, il y a une serviette blanche et de l'eau de Cologne pour l'opérateur, et dans le coin à gauche, près du soldat de Marathon, des biscuits et du porto pour les amis qui rapporteront monsieur. (Il désigne Jules endormi.) Le concierge a chez lui une liste préparée pour les farceurs qui désireront faire croire qu'ils s'intéressent à monsieur. (Ouvrant le tiroir d'un petit bureau.) Et voici du papier timbré pour le cas où monsieur éprouverait le besoin de faire ses dispositions à la dernière heure. (Réfléchissant.) Je crois donc n'avoir rien oublié. (Allant soulever le rideau de la fenêtre.) La neige tombe toujours... Ah! mes hommes n'auront pas précisément chaud dans le bois de Meudon.

JULES, rêvant *.

J'ai du Péruvien à 77.

SALOMON, souriant au public.

On sait maintenant ce que fait monsieur.

JULES, de même.

Pampelune, Saragosse, 72-25.

SALOMON.

Oui, oui, mon bonhomme, on t'en donnera tout à l'heure du Pampelune, Saragosse. (Il a décroché des épées de combat et se met à les fourbir avec complaisance — d'un ton gracieux.) Je ne le cacherai pas : je suis un partisan du duel, ce seul et dernier vestige des temps chevaleresques; et les tribunaux ont tort, selon moi, de décourager les quelques amateurs qui en conservent la tradition. (Intimement.) Il faut dire aussi que j'ai été garçon de salle chez Robert... Aussi une fois ma besogne terminée, j'initie monsieur Jules Beautor aux mystères de cet art divin, et... ce matin même il pourra mettre à profit mes leçons; une, deux...

Il se fend en faisant un bruyant appel du pied.

JULES, surpris et sautant à bas de son lit.

Quoi? Qu'est-ce qu'il y a? (Regardant autour de lui comme un homme qui cherche à se souvenir.) Quelle heure est-il donc?

SALOMON.

Huit heures quarante minutes.

JULES.

Du soir?

SALOMON.

Du matin.

JULES, regardant dans une glace.

Et je suis vêtu? Pourquoi donc ne me suis-je pas couché?

SALOMON.

Parce que, lorsqu'il est rentré à six heures, cette nuit,

* Beautor, Salomon.

monsieur, sauf le respect que je lui dois, était remarquablement éméché, partant, absolument incapable de se déshabiller tout seul et qu'il n'a pas voulu que je le déshabille, même que les amis de monsieur n'ont pas eu plus d'empire que moi, et...

JULES, avec un cri *.

Ah! je me souviens! je me souviens parfaitement!.. Nom d'un petit bonhomme!.. mais j'attends des témoins ce matin.

SALOMON, gracieusement.

Je l'ai ouï dire, monsieur.

JULES.

Mais alors... je me bats, sacrebleu!

SALOMON.

A moins que les témoins qui vont venir n'apportent à monsieur des excuses, ce qui est fort douteux, disait monsieur Hector de Courte-Haleine.

JULES.

Monsieur de Courte-Haleine! Je vous demande un peu de quoi il se mêle!

SALOMON.

Mais... monsieur est son client, et le client de monsieur Louis Castagnère, son cousin, ce paysagiste de tant d'avenir!.. (Regardant la pendule.) Tous deux même seront bientôt ici.

JULES, avalant un grand verre d'eau.

J'ai une soif!

SALOMON, souriant.

Monsieur a mal aux cheveux! je connais ça!.. c'est le champagne!

JULES, à lui-même très-agité.

Un duel!. pour mon jour de l'an! (Cherchant dans ses souvenirs.) Et je ne sais même plus avec qui.

SALOMON.

Il paraît que c'est avec monsieur Marc Hurtebize. Oh! je le connais beaucoup!.. un grand rouge très-méchant,

* Salomon, Jules.

dit-on ; il tire de la main gauche... il ne manquait pas un assaut...

JULES, troublé.

Tu m'ennuies! (A part.) C'est étonnant comme il m'ennuie !... (Soulevant à son tour le rideau de la fenêtre.) Il doit faire un froid atroce.

SALOMON, gracieux.

Quatorze degrés, monsieur ! Malgré cela je conseillerai à monsieur d'ôter son gilet de flanelle sur le terrain, attendu que lorsque la flanelle entre dans une blessure...

JULES *.

C'est bon.

SALOMON.

Monsieur devra aussi bien faire bouffer sa chemise ; c'est une bonne précaution, car il arrive souvent que l'épée...

JULES, mal à l'aise.

C'est bon, te dis-je !

SALOMON.

Ah ! j'ai préparé pour monsieur de vieilles bottines, parce que sur le terrain...

JULES, de même.

Laisse-moi tranquille.

SALOMON.

Les désirs de monsieur sont des ordres pour... (Fausse sortie revenant.) Ah ! j'allais oublier... le flûtiste d'à côté a été assigné, à la requête de monsieur, pour jeudi prochain devant le juge de paix de l'arrondissement, il se nomme Gigonard... Pas le juge de paix, le flûtiste !..

JULES, impatienté.

Le flûtiste ! le juge de paix !.. j'ai bien d'autres préoccupations vraiment.

SALOMON.

Cela se comprend, mais c'est égal, à la place de monsieur, et pour apprendre à ce voisin incommode à avoir troublé mon sommeil, et répondu à mes justes réclama-

* Jules, Salomon.

tions par des propos malsonnants... je demanderais 50,000 francs de dommages-intérêts.

JULES.

Eh ! En voilà assez, te dis-je... fiche-moi le camp.

SALOMON, très-respectueux.

Je fiche le camp à monsieur. *Il sort.*

SCÈNE II

JULES, *seul, marchant avec agitation.*

C'est étonnant ! J'ai ce matin les nerfs dans un état !.. C'est la faute de ces deux animaux de Castagnère et de Courte-Haleine qui m'ont grisé hier au soir... (*Regardant la pendule.*) Déjà neuf heures ! comme le temps file ! (*Après un temps.*) Ah ! cet Hurtebize est si méchant que ça !.. Eh bien, qu'est-ce que ça me fait ? un homme vaut un homme. (*Prenant une des épées.*) Quel est donc le coup que cet imbécile de Salomon m'a montré l'autre jour ? Voyons, que je me souvienne ? se fendre en arrière, la main gauche touchant le sol, et renverser la main droite en poussant de grands cris... Oui, c'est bien ça...

Il exécute le mouvement en poussant des cris sauvages. — Castagnère paraît sur le seuil de l'appartement.

SCÈNE III

JULES, CASTAGNÈRE *.

CASTAGNÈRE, *éclatant de rire.*

J'aime mieux le coup du commandeur.

JULES, *embarrassé.*

Castagnère ! Tiens ! tu étais là ? Tu vois ?.. Je m'amusais... pour tuer le temps.

CASTAGNÈRE.

Je crois qu'en effet, avec ce coup-là, on ne pourrait guère

* Castagnère, Jules.

tuer autre chose. (Allant à la cheminée.) Oh ! mais laisse-moi me réchauffer, mes veines charrient ! (Apercevant un flacon sur la cheminée.) Ah ! que le bon Dieu te bénisse, toi, va ! — Quand je pense qu'à cette heure, nous pourrions être dodelinement couchés sous nos couvertures, et qu'au lieu de cela, il faut que nous allions gagner peut-être une pleurésie, huit jours de prison et cent vingt francs d'amende !

JULES.

Si tu crois que ça me met beaucoup en liesse ?

CASTAGNÈRE.

Tu avais bien besoin, n'est-ce pas, de nous emmener souper de force, Hector et moi, puisque tu n'avais pas faim et nous non plus ..

JULES.

Que c'est bête ce que tu dis là, comme s'il était nécessaire d'avoir faim pour souper.

CASTAGNÈRE *.

Il est de fait que, généralement il n'y a guère que ceux qui ont faim qui ne soupent pas... mais enfin, quel besoin éprouvais-tu d'apprendre aux échos du café Riche que les charmes de mademoiselle Malvina, la Patti du Château-d'Eau, n'avaient plus de cachotteries pour toi ?

JULES.

Tu es encore bon... Ce n'est pas la peine d'avoir une jolie maîtresse, si tout le monde ne le sait pas.

CASTAGNÈRE.

Très-bien, mais alors il arrive comme cette nuit que le commanditaire de la petite dame, se trouvant là vous envoie, sans crier gare, dans votre gilet en cœur, son plum-pudding en pleine combustion.

JULES **.

Oui, c'est la faute à ce monstre de Malvina qui ne m'avait jamais parlé de sa subvention. Elle me jurait qu'elle n'aimait que moi.

* Jules, Castagnère.

** Castagnère, Jules.

CASTAGNÈRE.

Ça ne voulait pas dire qu'elle ne se laissait pas aimer par d'autres.

JULES.

Il paraît, mais... (Fièrement.) En tout cas, je n'ai pas été, je crois, en reste avec son bailleur de fonds le banquier Hurtebize ?

CASTAGNÈRE.

Non, car tu lui as envoyé immédiatement par la figure ton homard à l'américaine et tes sorbets au marasquin; et même, jusque-là, c'était drôle... mais ça ne t'a pas suffi... et tu as jugé à propos de nous jouer la scène des cartes échangées!.. Alors, qu'est-ce que tu veux?

Il remonte.

JULES*, qui pendant tout ce temps n'est pas resté un instant en place, s'asseyant, se relevant, changeant de vêtements, et avalant coup sur coup des petits verres sans savoir ce qu'il fait. — A Castagnère.

Mais enfin, qu'est-ce que tu aurais fait, à ma place ?

CASTAGNÈRE.

Moi ? J'aurais dit tout simplement à l'Hurtebize : Monsieur, vous m'avez taché un gilet de quarante francs, je vous ai perdu un habit de cent-cinquante ; voilà six louis, vous donnerez le reste au garçon, — bonsoir !

JULES.

Tout ça, ce sont des mots... mais au point où en sont les choses maintenant... (Timidement.) il me semble que le point d'honneur... **

CASTAGNÈRE.

Le point d'honneur!.. Qu'est-ce qu'ils prouvent vos duels ?.. C'est presque toujours celui qui a raison qui étrenne...

JULES, vivement.

Eh bien mais..., puisque j'ai tort?..

CASTAGNÈRE.

Permets, j'ai dit : Presque toujours. — Le bon droit l'emporte quelquefois... par exemple, quand la Providence ne s'en mêle pas...

* Jules, Castagnère. — ** Castagnère, Jules.

JULES.

Voyons, au bout du compte, quelles sont tes conclusions?

CASTAGNÈRE.

Mes conclusions? Eh bien, je... (Par réflexion.) Mais d'abord, tiens-tu à te battre?

JULES, piqué.

Ah! mon cher cousin... cette question est étrange... (Changeant de ton.) Enfin, c'est égal, supposons que je n'y tienne pas.

CASTAGNÈRE.

En ce cas, c'est bien simple; je vais trouver ton adversaire, et je lui dis, après les politesses d'usage : Monsieur, vous et mon ami... vous êtes deux imbéciles...

JULES.

Ah! permets....

CASTAGNÈRE, continuant.

Au lieu de vous battre en plein air par le froid qu'il fait, vous allez venir dans mon atelier de la rue des Martyrs; il y aura des fleurets soigneusement mouchetés, des gants, des masques, et des plastrons bien capitonnés, et celui des deux champions qui aura reçu le plus de coups de bouton offrira à dîner à tout le monde; le médecin en sera pour le cas où l'un des convives avalerait une arête. Ça te va-t-il?

JULES.

J'avoue... que pour la singularité du fait...

CASTAGNÈRE.

Ça te va? Très-bien, j'arrangerai l'affaire...

SCÈNE IV

LES MÊMES, HECTOR DE COURTE-HALEINE.

Type de gandin ganté et guindé.

HECTOR, qui a entendu les derniers mots *.

On parle d'arranger une affaire? De quelle affaire parlez-vous?

* Castagnère, Hector, Jules.

CASTAGNÈRE.

Parbleu ! ce n'est pas de l'affaire Lesurques.

HECTOR.

S'agirait-il par hasard, de l'affaire Beautor-Hurtebize?

CASTAGNÈRE.

Justement.

HECTOR.

Et vous songez à l'arranger?

CASTAGNÈRE.

Parfaitement.

HECTOR.

Ah! mais pardon!.. ah! mais pardon! c'est impossible! Vous comprenez bien que je n'ai pas envie d'être conspué au cercle des Hannetons; et si l'on apprenait que moi, Hector de Courte-Haleine, je me suis mêlé d'un duel qui n'a pas abouti, je serais couvert de ridicule.

CASTAGNÈRE, *raillant.*

Oh! on ne saurait trop se couvrir de ce temps-ci!

HECTOR, *très-sérieux.*

Très joli!.. mais je ne fais pas d'esprit, moi!

CASTAGNÈRE, *riant.*

Qui est-ce qui t'a jamais reproché ça?

HECTOR, *gravement.*

Je traite sérieusement les choses sérieuses... et... Jules ayant été grossièrement insulté...

CASTAGNÈRE, *haussant les épaules* *.

Oh! grossièrement!... des phrases... M. Hurtebize a offert à Jules un plum-pudding au rhum; Jules lui a rendu des sorbets au marasquin... je ne vois-là, moi, qu'un échange de bons procédés...

HECTOR.

Vraiment? Eh bien, et le soufflet? Il ne compte donc pas?

JULES.

Quel soufflet?

HECTOR.

Mais ce drôle a levé la main sur toi.

* Jules, Hector, Castagnère.

JULES, *indigné.*

Il a levé la... (*Après un temps.*) Est-ce qu'elle est retombée?

HECTOR.

Non, parce que j'ai eu la présence d'esprit de l'arrêter en chemin, mais l'intention y était.

JULES.

C'est étonnant, je n'ai pas remarqué.

CASTAGNÈRE.

Ni moi.

HECTOR, *à Castagnère.*

Parbleu! ça se comprend, tu avais le dos tourné. Et quant à Jules, il était dans un tel état d'exaspération!.. mais moi, j'étais calme, aussi ai-je pu recueillir tous les moindres détails de cette regrettable scène; détails qui, d'ailleurs, n'ont échappé à aucun des assistants, parmi lesquels se trouvaient des journalistes, des indiscrets, ce qui rend la chose plus grave!. Or, comme je veux que notre ami puisse toujours marcher la tête haute... (*Avec sentiment.*) Comme je veux pouvoir encore lui donner la main... et devant tous...

JULES, *à part.*

Oh! s'il n'y avait que cette raison-là!..

HECTOR, *le prenant dans ses bras.*

C'est que son honneur m'est plus cher... que sa vie.

CASTAGNÈRE, *raillant*

Ce cher Hector!

JULES. *

Ah! le fait est que c'est un ami bien dévoué!.. et un témoin bien agréable!

HECTOR, *modestement.*

Je fais mon devoir en conscience, voilà tout.

JULES.

Oh! pour ça!.. (*Sincèrement.*) Mais enfin, une supposition. Si les témoins ne venaient pas?

HECTOR, *noblement.*

J'irais les chercher.

* Hector, Jules, Castagnère.

JULES, sautant.

Hein ?

HECTOR.

Mais sois tranquille... ils viendront, du reste... (Lui prenant le bras et d'un air enchanté.) Nous avons le choix des armes, et nous choisissons l'épée...

JULES.

Ah ! nous choisissons ?..

HECTOR.

Aimes-tu mieux le pistolet ?

JULES.

Oh ! je n'ai pas de préférence...

HECTOR.

Eh bien, à l'épée, comme notre adversaire est gros et que nous sommes minces, tout l'avantage est de notre côté.

JULES.

Ah !

HECTOR, s'échauffant*.

Le signal donné, tu fonds sur ton homme, l'épée haute, le bras tendu !.. tu marches, tu marches, tu marches... jusqu'à ce qu'il tombe...

JULES.

Oui... mais... s'il ne tombe pas ?

HECTOR.

Tu marches plus vite.

CASTAGNÈRE, raillant.

Nous te suivrons à cheval.

HECTOR, à Jules.

Ne t'inquiète de rien, les choses se passeront comme il faut. Tu seras content.

JULES.

Tu crois ?

HECTOR.

Mais le temps s'écoule, et il faut que j'aille retenir une voiture chez Brion. (Lui serrant la main.) Je la choisirai bien suspendue.

* Jules, Castagnère, Hector.

CASTAGNÈRE *.

Ce mâtin d'Hector, il pense à tout.

HECTOR, avec sentiment.

N'est-ce pas bien naturel? Et Jules n'en ferait-il pas autant pour moi?

En ce moment retentit un violent coup de sonnette.

JULES, pâlissant.

On a sonné.

HECTOR.

Ce sont les gens que tu attends, sans doute.

JULES, cherchant à dompter son émotion.

Ou bien le porteur d'eau.

SCÈNE V

LES MÊMES, SALOMON, L'ARMURIER.

SALOMON, paraissant et à voix basse **.

Monsieur, c'est un homme barbu avec des épées.

JULES, ému.

Ah!

CASTAGNÈRE.

Comment?

SALOMON.

Il dit que quelqu'un le suit qui va apporter le reste.

HECTOR.

Des témoins avec des armes?

JULES.

Oui, ce n'est pas régulier... Salomon, flanque-les à la porte.

UNE VOIX, au dehors.

Par ici, par ici.

Entre un individu portant plusieurs paires d'épées, et suivi d'un autre chargé d'armes de toutes sortes — Arquebuses à rouet, hallebardes, tomahaw, etc., etc. — Surprise générale. Les deux hommes sont entrés rapidement. Ils déposent le tout sur la table et sur le canapé.)

* Jules, Hector, Castagnère.

** Hector, Jules, Salomon, Castagnère.

L'ARMURIER, gracieux *.

Monsieur aura de quoi choisir.

JULES.

Choisir ?...

L'ARMURIER, regardant autour de lui et reprenant vivement ses épées, tandis que l'autre homme reprend le reste.

Ah! mille pardons, monsieur, nous nous sommes trompés d'étage, c'est pour monsieur Champiquel.

JULES, furieux.

Fichus imbéciles!

L'ARMURIER.

Monsieur!

JULES.

Voulez-vous remporter bien vite votre ferraille!

Il les pousse dehors, aidé de Salomon.

SALOMON, à part en sortant.

Je vais m'offrir une massue.

HECTOR, riant.

Moi, je cours chez Brion (A Jules.) Ne t'impatientes pas, je reviens. Il s'enfuit.

SCÈNE VI

CASTAGNÈRE, JULES, puis SALOMON.

JULES **.

N'est-ce pas comme une ironie du sort? Ma parole d'honneur! il y a de quoi user les courages les mieux trempés. (On sonne de nouveau. — Jules sautant.) Oh! Damoclès! que tu devais souffrir! (Changeant de ton.) Eh bien, au fait, j'aime mieux en finir tout de suite... (A Salomon qui paraît.) Fais entrer au salon.

SALOMON ***.

Mais ce sont les boueux.

JULES.

Les?..

* Hector, Jules, l'armurier, le garçon, Castagnère, Salomon.
** Jules, Castagnère.
*** Jules, Salomon, Castagnère.

SALOMON.

Ils viennent demander leurs étrennes.

JULES, furieux.

Jette-les dans les escaliers. (*Salomon s'en va. — Jules marchant avec agitation.*) Dire qu'il y a des misérables qui, lorsque vous vous trouvez dans une situation diabolique, ont l'aplomb de venir vous demander leurs étrennes... Ah! l'indifférence humaine est quelque chose d'ignoble!.. Ainsi, par exemple, vous sortez, comme moi ce matin, d'un bazar quelconque, avec cent louis de moins dans la poche ou une mauvaise affaire sur les bras et... qu'est-ce que vous rencontrez d'abord sur votre route?.. de stupides balayeurs qui font tout tranquillement leur petite besogne... vous avez l'enfer dans le cœur, ils balaient!.. la mort vous attend peut-être... (*Amèrement.*) et... ils balaient toujours.

Castagnère éclate de rire. Salomon accourt sur la pointe du pied.

SCÈNE VII

CASTAGNÈRE, JULES, SALOMON.

JULES, chancelant *.

Mais on n'a pas sonné.

SALOMON, avec mystère.

Non, monsieur, mais je venais prévenir monsieur que mademoiselle Malvina descend de voiture.

JULES, à Castagnère.

Malvina ici! Quelle audace!

SALOMON.

J'ai bien pensé que monsieur ne la recevrait pas, car dans des circonstances comme celle-ci, la vue d'une femme, ça amollit.

JULES.

Qui est-ce qui te demande ton avis, à toi?

* Castagnère, Salomon, Jules.

SALOMON.

Après ça, si monsieur veut recevoir madame?

Il remonte.

JULES, vivement.

Non... Dis-lui queje suis sorti.

SALOMON.

Très-bien, monsieur. (A part, en sortant.) Oh! non, du sexe dans les affaires sérieuses, il n'en faut pas.

SCÈNE VIII

CASTAGNÈRE, JULES, puis MALVINA.

JULES, très-agité *.

Assurément que je ne veux pas la voir.

CASTAGNÈRE.

Et tu as bigrement raison.

JULES.

N'est-ce pas? (Avec ironie.) Non, ma parole d'honneur, ces charmantes drôlesses-là nous prennent pour des imbéciles! (Marchant çà et là.) Je l'entends d'ici. (Imitant une voix de femme.) Jules Beautor? Ah! mon Dieu! mais pour me faire pardonner mes mensonges et mes trahisons, je n'ai qu'à lui tendre mon petit museau. (Changeant de ton.) Eh bien, rapporte-le moi donc ton petit museau.

MALVINA, qui est entrée sans bruit par la petite porte de droite lui tendant la clef qu'elle a retirée de la serrure, à Jules **.

Je vous rapporte seulement votre clef. monsieur.

JULES, surpris.

Malvina!

MALVINA, très-digne.

J'ai pris par le petit escalier, (Appuyant.) et pour la dernière fois.

JULES, de même.

Je l'espère, madame...

* Jules, Castagnère.

** Malvina, Jules, Castagnère.

CASTAGNÈRE, à part *.

On va jouer *le Dépit amoureux*, et je n'ai pas de rôle... je vais fumer un cigare... (Haut.) Au revoir, mes enfants!

Il entre à gauche.

SCÈNE IX

JULES, MALVINA.

JULES, à part, très-agité **.

Tout ça, c'est la faute du café Riche, je le ferai fermer.

MALVINA, debout devant la cheminée, et chauffant ses bottines. — A Jules sans le regarder.

Cher monsieur, cette clef que jadis j'eus la faiblesse de prendre de vos mains, j'aurais pu vous la renvoyer par un commissionnaire, mais j'ai préféré vous la rapporter moi-même, parce que je tenais à vous rendre en même temps certaines petites verroteries que...

En parlant elle a détaché son bracelet et ses boucles d'oreilles et les a posés dans une coupe.

JULES, raillant.

Oh! oh! on la fait à la duchesse? très-bien, je la connais celle-là; pour me clore le bec, vous allez me faire une scène? allez, allez, faites-moi une scène....

MALVINA, dédaigneuse.

Une scène?.. Oh! Dieu!. je fais bien trop peu de cas de vous pour cela... (Se retournant tout à coup et avec véhémence.) Monsieur Jules Beautor! vous vous êtes conduit cette nuit comme un collégien.

JULES, raillant.

Oh! oh! mais vous savez donc? Auriez-vous déjà à votre âge, préparé des jeunes gens pour le baccalauréat?

MALVINA, avec menace.

Tenez, je ne sais ce qui me retient de... (Avec amertume.) *** Ah! les hommes sont canailles!.. un bonheur ignoré, dis-

* Malvina, Castagnère, Jules.

** Malvina, Jules.

*** Jules, Malvina.

cret, ne leur suffit pas!. il faut qu'ils affichent hautement la honte de celle qu'ils disent aimer.

JULES.

Permettez...

MALVINA, s'animant.

Les secrets de son amour, ils les dévoilent!.. les mystères de sa beauté, ils les étalent en montre devant une foule indifférente ou railleuse....

JULES, raillant.

Oui... et un monsieur à favoris en côtelettes qui se trouve là, et pour qui les beautés en question ne sont plus un mystère... a le droit de....

MALVINA.

Vous mentez! cet homme ne m'est rien, il ne m'a jamais rien été!

JULES.

Et comment expliquez-vous le plum-pudding? Puisque je vois que vous savez tout... comment expliquez-vous enfin cet accès de colère et de jalousie qui...

MALVINA, avec des airs de vierge.

Oh! c'est bien simple!.. Monsieur Hurtebize m'avait longtemps poursuivie de son amour... mais... devant mes refus... devant mes résistances, il avait imposé silence à son cœur, (Baissant les yeux.) à ses ardents désirs...

JULES.

Ah! laissez-moi donc tranquille! Est-ce que je puis croire?..

MALVINA, amèrement.

Non, parce que vous jugez tous les autres hommes aussi âpres que vous à la curée d'amour!

JULES, très-régence *.

Ah! dame, moi... quand on me laisse sonner l'hallali....

MALVINA.

Eh bien, lui... plus généreux... se contenta du titre d'ami; reconnaissant en moi un certain tact, il m'entrete-

* Malvina, Jules.

nait de ses affaires pendant quelques heures chaque jour.

JULES.

Le jour seulement? il n'y avait pas... de petite Bourse?

MALVINA

Monsieur!

JULES.

Il ne jouait pas au comptant alors? mais fin courant, et chaque mois il se laissait reporter?..

MALVINA, fièrement.

Oui, monsieur.

JULES.

Alors, c'était un serin, voilà tout.

MALVINA.

Dites : un homme de cœur! monsieur, car il m'associait quelquefois à ses opérations... ce qui me permettait, tout en conservant cette estime de moi-même que vous m'avez fait perdre, hélas!..

JULES.

Oh!

MALVINA.

De tenir convenablement ma place dans le théâtre et de venir en aide à ma mère, sainte femme qui m'a faite ce que je suis...

JULES.

Ah! c'est madame votre mère qui?...

MALVINA, noblement.

Oui, monsieur. (Changeant de ton.) Jugez alors de l'indignation, de la colère que dut éprouver cet homme en apprenant que cette pauvre fille qu'il s'était habitué à respecter, avait laissé déchirer par un autre la robe d'innocence que lui, son protecteur et son ami, n'eût point osé effleurer... même en rêve...

JULES.

Ah! cependant... en rêve!

MALVINA.

Non, monsieur, aussi n'a-t-il pas été maître de lui et...

En ce moment la sonnette retentit coup sur coup.

JULES, sautant *.

Ah! sacrebleu! J'avais tout oublié.

MALVINA, à part.

Ils arrivent trop tôt.

CASTAGNÈRE, entr'ouvrant la porte.

Ne vous inquiétez pas, c'est Salomon qui raccommode la sonnette. *Il rentre.*

JULES, tombant sur un siége.

L'animal! C'est que c'est trop fort! Je ne me souvenais plus de ce duel.

MALVINA, tendrement.

Moi non plus!

JULES, amèrement.

Oui, oui, j'ai pu voir que cela ne vous inquiétait guère.

MALVINA, très-calme.

Qu'ai-je besoin de m'inquiéter d'une affaire qui ne doit pas avoir de suites?

JULES.

Elle ne doit pas avoir de suites?

MALVINA.

Non.

JULES.

Et pourquoi?

MALVINA, remettant son manteau comme quelqu'un qui va partir **.

Parce que...

JULES.

Ce n'est qu'une supposition?

MALVINA *.

C'est une certitude.

Elle va à la glace et arrange son chapeau.

JULES, haletant, la suivant.

Basée sur quoi?

MALVINA.

Sur quoi?

JULES, insistant.

Pourquoi dites-vous qu'une rencontre entre monsieur Hurtebize et moi ne doit pas avoir lieu?

* Jules, Malvina. — ** Malvina, Jules. — *** Jules, Malvina.

MALVINA, *allant ramasser son mouchoir tombé près du canapé.*

Parce que je le sais!.. et de bonne source!.. Où est donc mon manchon?

JULES, *même jeu et la suivant toujours.*

Le voilà!.. Et qui te l'a dit?

MALVINA, *s'arrêtant et solennelle.*

Les cartes!

JULES, *désappointé.*

Ah! que c'est bête!

MALVINA.

Ah! oui, au fait, tu es un esprit supérieur, tu ne crois pas aux avertissements d'en haut; et, d'ailleurs, que t'importe à toi que le danger attire... (*Petit bruissement de sonnette. — Malvina, sur un mouvement de Jules.*) C'est Salomon!

JULES.

Je ne suis pas brave jusqu'à l'imprudence... mais j'avoue que je ne crois pas beaucoup aux cartes.

MALVINA.

Quelle heure est-il? (*Regardant la pendule.*) Déjà si tard... Adieu!

JULES *.

Est-ce que... est-ce que tu y crois, toi?

MALVINA.

A quoi?

JULES.

Aux cartes.

MALVINA, *avec âme.*

Si je n'y croyais pas, me verrais-tu si calme, si tranquille en te disant adieu! Si j'y crois? Mais j'y crois comme à moi-même. — Ce sont elles qui m'ont prédit les événements les plus solennels de ma vie... tiens... (*Se cachant le visage sur son épaule*). elles m'avaient prédit la veille... que le lendemain au Moulin Rouge...

JULES, *incrédule.*

Oh!.. Voyons, voyons!

MALVINA.

Demande plutôt à ma mère.

* Malvina, Jules.

JULES.

Qu'est-ce que tu veux ? Ça me semble raide...

MALVINA.

Ah ! si tu savais quel fluide se dégage de ces petites sorcières dorées sur tranches, quand elles remontent le passé avec vous, en chuchotant de l'avenir.

JULES, *qui ne demande qu'à être convaincu.*

Allons !.. Jamais tu ne me feras croire que de méchants petits morceaux de...

En disant cela, il a ouvert un tiroir et fouille dedans. — Pendant ce temps, Malvina qui vient de faire le geste du pêcheur :

MALVINA, *à part.*

Ça mord !..

JULES, *prenant un paquet et l'ouvrant.*

Non, cela, ce sont tes lettres.

MALVINA, *sérieuse.*

Rendez les-moi.

JULES.

Plus tard. (*Prenant un paquet de cartes.*) Que de méchants petits morceaux de carton comme ceux-ci... (*Il les étale sur la table.*) Ainsi, je les touche, je les tripote... et je ne sens pas de fluide... — Du passé, elles me disent que j'ai gagné quinze cents francs au lansquenet la semaine dernière et que j'en perdrai trois mille au baccarat la semaine prochaine.

MALVINA.

Il faut avoir la foi, et tu n'as pas la foi. Qu'est-ce que tu veux ? N'en parlons plus... adieu.

Elle remonte. — Jules contrarié fait un mouvement vers elle.

MALVINA, *redescendant tout à coup en se débarrassant de ses effets.*

Eh bien, petit mâtin d'entêté, je n'en aurai pas le démenti. *Elle dispose les cartes.*

JULES, *enchanté en dedans.*

Oh !

MALVINA.

Oui, je te convaincrai... coupe.

JULES, *avançant la main.*

C'est stupide.

MALVINA.

De la main gauche.

JULES, coupe et regarde anxieux. — A part.

Si ça disait encore la même chose cependant!

MALVINA, après toutes les cérémonies d'usage, comptant en elle-même et du doigt seulement, et d'un ton solennel.

C'est étrange... me voilà d'abord toute déroutée... Ce n'est pas toi qui viens...

JULES, inquiet.

Ah ! je ne viens pas?

MALVINA, faisant le jeu.

Quels sont ces hommes de loi qui surgissent tout à coup... je vois un tribunal... un juge de paix !...

JULES, haletant.

Un juge de paix... continue...

MALVINA.

Et ici... le dieu Pan qui joue de la flûte.

JULES, de même.

De la flûte ?.. C'est particulier... figure-toi que j'ai un procès avec un...

MALVINA, jouant l'inspirée.

N'interromps pas : tu détruirais le charme... Une, deux, trois, une femme brune... quatre, cinq, six, toute de cœur et d'âme... sept, huit, neuf... joie à la maison... dix, onze, douze, un homme brun... (Après avoir compté tout bas.) Oh ! cet homme !.. il y a là quelque chose de bizarre !... je vois la mort à son chevet...

JULES.

Ah !

MALVINA, comptant toujours.

Je vois des médecins, un prêtre... (Comptant toujours.) Ah ! voici un notaire .. le moribond s'est souvenu que sa mort pouvait laisser dans la misère une personne qui le chérissait... et il dicte ses dernières volontés... (Comptant encore) Ah !

JULES.

Quoi donc ?

MALVINA, avec un sourire angélique.

Il paraît que faire son devoir ici-bas peut détourner la

colère céleste, car c'est le même homme que je revois ici plein de santé, de jeunesse, et croyant à l'amour...

JULES, *naïvement.*

C'est le même. Tu en es sûre ?

MALVINA.

Très-sûre !.. il a même une petite lentille sur le mollet droit.

JULES.

Une lentille sur le... mais ce mollet... cet homme, c'est moi !..

MALVINA.

Mais le roi de trèfle, c'est un brun.

JULES.

Mais je ne suis pas blond... je tirerais plutôt sur le châtain... et mes cheveux brunissent tous les jours !.. (*S'animant.*) ma position est absolument la sienne ; comme lui j'ai un procès avec le dieu Pan... comme lui, je suis en danger... comme lui j'ai un devoir à remplir... Malvina, je ne crois pas aux cartes, je te le répète, mais je crois au devoir et à ma conscience qui me dicte ce que je dois faire. *Il ouvre le bureau, prend une feuille de papier timbré et écrit convulsivement. — Malvina qui le guette du coin de l'œil, jette sa ligne à plusieurs reprises sur l'orchestre — Jules qui, tout en écrivant, a fait un ronronnement sourd et inintelligible, apposant enfin sa signature.* « Jules Beautor. » Ça y est !

MALVINA, *avec un petit coup sec de la ligne.*

Ça a mordu !

Jules ferme son testament, le place dans son bureau qu'il ferme et dont il remet la clef à Malvina. — Succombant alors à leurs émotions ils tombent avec un cri dans les bras l'un de l'autre. — Tableau.

SCÈNE X

LES MÊMES, *puis* HECTOR, *puis* CASTAGNÈRE, *et ensuite* SALOMON, *introduisant* LES DEUX INCONNUS.

HECTOR, *entrant vivement* *.

J'arrive à temps, nos deux témoins montent derrière moi.

* Hector, Castagnère, Jules, Malvina.

JULES.

Ah!

CASTAGNÈRE, *sortant du cabinet.*

La voiture est en bas?

HECTOR, *très-affairé.*

Oui, et les épées sont dans le coffre...

Il dispose les fauteuils devant la cheminée.

JULES, *très-ému, à Malvina.*

Ta place n'est plus ici.

MALVINA, *montrant le cabinet.*

Je vais attendre là... mais promets-moi de ne pas t'opposer à un arrangement.

JULES, *très-ému.*

Je te le promets.

MALVINA.

Et d'ailleurs, quoi qu'il arrive, marche les yeux fermés, l'oracle a parlé.

JULES.

Tu crois?

MALVINA, *à part.*

Si ça ne fait pas de bien... et puis ça lui donne confiance.

Elle entre à gauche. Salomon parait au fond, précédant les deux inconnus. — Hector est venu se poser devant la cheminée, dans une attitude noble quoique menaçante. — Castagnère fait un pas en avant. Jules s'appuie contre un meuble.

SALOMON, *très-joyeux, à la cantonade.*

Messieurs, donnez-vous la peine d'entrer.

Paraissent les deux inconnus tout de noir habillés. — Habits rapés boutonnés très-haut. — Pas de pardessus — Tenue de témoins ou de recors.

SALOMON, *à part* *.

Je crois que l'affaire va enfin s'emmancher.

Il sort.

PREMIER INCONNU, *à Castagnère.*

Monsieur Jules Beautor, sans doute?

CASTAGNÈRE.

Pardon! (*Montrant Hector qui salue tout d'une pièce.*) Monsieur et moi nous sommes témoins.

* Castagnère, Hector, premier inconnu, deuxième inconnu, Jules, Salomon.

PREMIER INCONNU.

Dans l'affaire — fort bien.

CASTAGNÈRE, désignant Jules.

Voici monsieur Jules Beautor.

PREMIER INCONNU.

Ah!

JULES qui perd la tête *.

Monsieur... enchanté....

Le premier inconnu a poussé du coude son collègue, et immédiatement leur figure s'éclaire à tous deux d'un charmant sourire et ils s'avancent vers Jules. — Jules les regarde avec stupéfaction.

PREMIER INCONNU.

Monsieur, nous vous représentons la colombe apportant dans son bec la branche d'olivier.

CASTAGNÈRE.

Hein?

JULES.

Plaît-il?

HECTOR, fronçant le sourcil **.

Qu'est-ce que cela veut dire?

Pendant tout ce qui suit, le second inconnu, — personnage muet, — répète tous les gestes du premier.

PREMIER INCONNU, d'une voix onctueuse.

Il n'y a eu dans tout ceci qu'un simple malentendu.

Le deuxième inconnu opine du bonnet.

HECTOR.

Comment? comment? un simple malentendu?

JULES, bas.

Mais tais-toi donc!

PREMIER INCONNU.

Rien de plus qu'un mouvement de vivacité que notre ami regrette. (Même jeu, continuant.) Messagers de paix, nous ne faisons que le précéder sur le terrain de la conciliation en vous priant de vouloir bien l'y suivre.

JULES, enchanté.

Comment donc, messieurs, mais...

* Castagnère, Hector, deuxième inconnu, premier inconnu, Jules, Salomon.

** Castagnère, deuxième inconnu, premier inconnu, Jules, Hector.

2

PREMIER INCONNU.

Et c'est au nom de notre client que nous vous offrons des excuses, et que nous vous demandons votre main en signe d'oubli.

Tous deux lui tendent des mains démesurées.

HECTOR, *furieux.*

Ah ! c'est trop fort !

JULES.

Messieurs, veuillez croire.. (*Prenant sa tête dans ses mains.*) Ah ! je ne sais pas ce que j'ai...

Il tourne sur lui-même et tombe dans les bras des deux inconnus.

PREMIER TÉMOIN *.

Il se trouve mal.

CASTAGNÈRE, *à part.*

C'est la réaction.

On a mis Jules dans un fauteuil, le second témoin a pris une carafe et lui asperge la figure.

JULES, *après un temps.*

C'est passé... (*Se relevant et avec dignité.*) Messieurs, j'accepte vos excuses...

PREMIER INCONNU.

Et l'affaire n'aura pas d'autres suites?

JULES.

Vous avez ma promesse.

Quatre mains s'allongent de nouveau et serrent les siennes.

HECTOR, *s'avançant.*

Pardon, messieurs! Mais avec un de Courte-Haleine cela ne saurait suffire...

JULES, *à part inquiet* **.

Qu'est-ce qu'il veut encore?

HECTOR.

Il nous faut des excuses... écrites et imprimées dans quatre journaux...

PREMIER INCONNU.

Dans tous si vous voulez.

* L'inconnu, Castagnère, Jules, Hector, deuxième inconnu.

** Castagnère, premier inconnu, Jules, Hector, deuxième inconnu.

HECTOR, s'inclinant avec un sourire de souverain mépris *.

C'est bien, je vais rédiger le procès-verbal.

Il va à droite et écrit une note au crayon.

CASTAGNÈRE, gaiement.

Allons! c'est arrangé, enfin !

JULES, très-joyeux.

Oui enfin; que tout soit oublié! et c'est le verre en main que je veux... (Appelant.) Salomon!..

On entend un coup de sonnette.

JULES, après un mouvement, à part.

Le tic me restera...

SALOMON, un long papier à la main **.

Est-ce que monsieur avait commandé à déjeuner chez Grosse-Tête?

JULES, prenant le papier.

Non, mais j'allais te... (Avec un cri.) Ah! c'est pour le Champignel, l'homme aux panoplies !.. Ah ! cette fois... (A Salomon.) Dis que c'est ici, garde tout, garde le garçon, et la table servie dans cinq minutes... va, va !

SALOMON, à part.

Comment, avant? Il sort.

JULES, qui ne se possède pas de joie.

Messieurs, nous déjeunons dans un instant... en attendant voici des cigares.. Ah! que c'est bon la vie! ah! mon Dieu ! Et Malvina que j'oubliais! (Allant ouvrir à gauche.) Malvina !

MALVINA ***.

Me voici.

JULES.

Tout est arrangé. Les cartes avaient raison.

MALVINA, à part.

Bah !

JULES.

Tu es une femme précieuse, tu ne me quitteras plus... je t'attache à ma personne... je t'achèterai des cartes neu-

* Castagnère, premier inconnu, deuxième inconnu, Jules, Hector.

** Premier inconnu, Castagnère, deuxième inconnu, Salomon, Jules, Hector.

*** Premier inconnu, Castagnère, deuxième inconnu, Jules, Malvina, Hector.

ves, tu me diras tous les soirs les cours du lendemain... Malvina, je t'aime !

MALVINA, à part.

C'est un commencement.

Paraissent Salomon et un garçon de restaurant portant une table copieusement servie.

SALOMON.

Madame est servie.

JULES, d'une gaieté folle.

A table, messieurs, à table !

Les deux inconnus se précipitent.

JULES, donnant la main à Malvina *.

Tu présideras. (Appelant.) Allons, Hector, on n'attend plus que toi.

HECTOR.

Dans un instant, les affaires sérieuses d'abord.

JULES, à table comme les autres.

Il n'y a plus d'affaires... buvons, rions, chantons... verse Salomon.

Il avale plusieurs verres de champagne. — En un clin d'œil les volailles sont déchirées, les pâtés effondrés et la table est au pillage. — Les deux inconnus mangent comme des goinfres et fourrent de tout dans leurs poches.)

SALOMON, à part.

Ce n'était pas la peine de lui apprendre un coup italien.

JULES.

A boire, Salomon ! (Buvant.) Aux victimes du point d'honneur !

HECTOR, s'avançant.

Voici la petite note que j'ai préparée.

JULES, mangeant **.

Ah ! lis-nous ça, Malvina le mettra en musique.

HECTOR, gravement, lisant.

« A la suite d'une regrettable altercation entre monsieur
» Jules Beautor, si avantageusement connu à la Corbeille,

* Malvina, l'inconnu, place libre, Jules, Castagnère et deuxième inconnu au bout de la table, Hector au bureau à droite, Salomon au-dessus de la table.

** Hector près de la table.

» et monsieur Marc Hurtebize, l'une des plus fines la-
» mes... »

PREMIER INCONNU, après un premier mouvement de surprise et parlant la bouche pleine.

Comment? comment? monsieur Hurtebize? mais notre ami s'appelle Gigonard.

JULES, faisant un bond.

Quoi? Gigonard?

PREMIER INCONNU.

Eh bien oui, Gigonard, et ce n'est pas une fine lame, c'est une petite flûte... Il vous envoie même la sienne, cause première du conflit.

Le deuxième inconnu tire une flûte de sa poche et l'offre gracieusement à Jules. — Mouvement.

JULES, blémissant. — Il se lève.

Comment? il s'agit de...

PREMIER INCONNU, mangeant toujours.

De Gigonard, musicien, comme monsieur, comme moi, à l'Elysée-Montmartre, et que vous vouliez traîner devant les tribunaux!...

JULES, retombant sur sa chaise.

Ah! ça va recommencer! (Coups de sonnette. — Bondissant.) Ça recommence!

Tous se lèvent excepté les deux hommes qui mangent toujours. — Salomon disparaît.

HECTOR, éclatant de rire *.

Ah! ah! ah! l'histoire est excellente! Ah! ah! ah!

JULES, menaçant.

Hector! ne ris pas! ne ris pas! je suis sur la pente du meurtre!

CASTAGNÈRE, le retenant.

Jules!

Hector rit plus fort.

HECTOR, riant toujours.

Voyons! du calme, voici tes vrais témoins sans doute, cette fois...

* Castagnère, inconnus à table ; Malvina, à la cheminée, Hector, Jules.

JULES, furieux.

Mes témoins ? Et ça te fait rire...

HECTOR, riant plus fort.

Oui, et je crois que j'en mourrai...

JULES.

Tu ne mourras que de ma main !

HECTOR.

Hein?

JULES, sautant sur une épée.

Oui ; ce n'est pas avec Hurtebize que je me battrai, mais avec toi et sur l'heure...

HECTOR.

Il est enragé !

JULES, à moitié fou.

Agent provocateur! Ne te défends pas!

Il poursuit Hector autour de la table. — Les deux hommes mangent encore. — Salomon parait précédant un commissaire et deux agents.

SCÈNE XI

LES MÊMES, SALOMON, LE COMMISSAIRE, et ses AGENTS.

LE COMMISSAIRE*.

Au nom de la loi!

TOUS.

Un commissaire!

JULES.

Qu'est-ce que ça veut dire?

LE COMMISSAIRE.

Monsieur Jules Beautor?

JULES, troublé.

C'est moi, monsieur ; qui me procure l'honneur?..

LE COMMISSAIRE, sévèrement.

Pas de facéties, monsieur !

JULES.

Pardon, mais....

* Castagnère, Hector, inconnus à table, commissaire, Jules, Malvina, Salomon.

LE COMMISSAIRE.

Taisez-vous! Monsieur, vous deviez vous battre ce matin avec un sieur Hurtebize.

JULES.

Mais...

LE COMMISSAIRE.

Ne niez pas... j'ai été averti par votre adversaire...

JULES, à part.

Je n'avais pas pensé à ça... (Haut et avec dédain.) Le lâche!

LE COMMISSAIRE, sévèrement.

Beautor, vous aggravez votre situation par cette insulte à l'adresse du digne citoyen qui est venu demander à la justice de le protéger contre les attaques d'un duelliste de profession.

JULES, stupéfait.

Moi? un....

LE COMMISSAIRE, tonnant.

Du reste, Beautor, depuis longtemps déjà, vous nous étiez signalé comme un bretteur, un spadassin, un coupe-jarret!

JULES, ne pouvant s'empêcher de sourire comme les autres.

Moi?

LE COMMISSAIRE.

Ne riez pas, messieurs, et vous, Beautor, écoutez-moi bien! Il vous est fait défense expresse d'adresser la parole au sieur Hurtebize, de tenter de vous rapprocher de lui, soit par ruse, soit par violence, et même de passer dans la rue qu'il habite!.. Songez-y bien, s'il y avait récidive de votre part, j'en serais informé... car je suis bien forcé de vous le dire, Beautor : A dater de ce moment, vous êtes sous la surveillance de la police...

JULES, vivement.

Vraiment?

LE COMMISSAIRE.

Ne l'oubliez pas. (Aux deux hommes.) Venez, messieurs.

Il sort vivement, suivi des deux hommes et reconduit par Jules qui lui fait force politesses.

SALOMON, à part*.

Eh bien, voilà comme on décourage les derniers amateurs...

CASTAGNÈRE, riant.

Ah ! ah ! ah ! Jules avec un brevet de duelliste !

HECTOR.

Avec tout ça, je vais être blagué au cercle, moi !

CASTAGNÈRE.

Eh bien, tu te battras avec tous les hannetons.

DEUXIÈME INCONNU, qui, ainsi que l'autre, n'a pas quitté la table.

Est-ce qu'il n'y a pas de café ?

SALOMON, furieux.

Ah ! c'est trop fort !

Il se met à desservir.

JULES, accourant **.

Ah ! le bon commissaire ! le digne commissaire ! je respire enfin ! plus d'affaires à redouter ! plus de témoins à attendre... (Avec joie.) Je suis sous la surveillance de la police !

Il se jette au cou de Castagnère.

MALVINA, lui tendant les mains.

Eh bien ? Et moi ?

JULES.

Toi aussi... (Se reprenant.) Toi, je t'épouse !

Malvina tombe dans ses bras.

Le rideau tombe.

* Inconnus à table, Salomon, Castagnère, Hector, Malvina.

** Inconnus, Salomon, Castagnère, Hector, Jules, Malvina.

FIN

CHATILLON-SUR-SEINE. — IMPRIMERIE E. CORNILLAC

www.ingramcontent.com/pod-product-compliance
Ingram Content Group UK Ltd.
Pitfield, Milton Keynes, MK11 3LW, UK
UKHW031735170726
13836UKWH00002B/665